Dieses SchneiderBuch gehört

Kugelblitz wird durch die Bank...

HANNA

Achtung, Geheimdetektive! Hier klebt die Geheimfolie. Sollte sie verloren gehen, könnt ihr jede andere rote Folie verwenden. Legt sie auf die roten Felder – sofort wird die Schrift sichtbar.

Kugelblitz wird
durch die Bank
zum flotten Schotten,
rank und schlank.

Und noch ein Tipp! Auf der nächsten Seite steht ein Preisrätsel. Wer die richtige Lösung findet, nimmt an der nächsten Verlosung von 400 SchneiderBüchern teil.

Preisrätsel

Liebe Rätselfreunde,

diesmal hängt das Lösungswort mit dem Inhalt der Geschichte zusammen.

– – –

Man findet das Wort in der Socke, in der Hose, im Geldbeutel, in der Straße und als Namen für schottische Gewässer. Man kann es einem anderen in den Bauch fragen oder sich in den Kopf schlagen.

Es hat nur vier Buchstaben und lautet verschlüsselt

T W K P

Du kannst es mit nebenstehendem Buchstabencode entschlüsseln, indem du für den rechts platzierten Buchstaben den links daneben einsetzt.

Du kannst damit auch selbst Geheimbotschaften schreiben. Beim Verschlüsseln musst du von links nach rechts vorgehen und z. B. statt K ein S schreiben. Die Buchstabentabelle ist sehr nützlich, wenn du das geheime Fax in dieser Geschichte entschlüsseln möchtest.

Schreibe das Lösungswort auf eine Postkarte und schicke sie mit dem Kennwort „Kugelblitz 23 – Das Geheimnis von Spooky Hill“ an:

Egmont Franz Schneider Verlag GmbH
Schleißheimer Straße 267
80809 München

Absender nicht vergessen. Nur mit Schreibmaschine oder mit Kugelschreiber in Blockbuchstaben ausfüllen.

Benachrichtigt werden nur die Gewinner. Der Rechtsweg ist ausgeschlossen. Die Beteiligung ist nicht an den Kauf eines SchneiderBuches gebunden.

CODE K = S

A	I
B	J
C	K
D	L
E	M
F	N
G	O
H	P
I	Q
J	R
K ➔	S
L	T
M	U
N	V
O	W
P	X
Q	Y
R	Z
S	A
T	B
U	C
V	D
W	E
X	F
Y	G
Z	H

ISBN 3-505-11546-0

zum flotten Schotten, rank und schlank.
EIN FOTO FÜR SONJA SANDMANN!

Ursel Scheffler
wurde 1938 in Nürnberg geboren, studierte Literatur in München, zog nach Frankfurt, lebte einige Zeit in Schwaben und wohnt seit 1977 in Hamburg. Dort hat sie auch Kommissar Kugelblitz erfunden, der nicht nur in Hamburg den Gaunern auf die Finger schaut, sondern auch in New York oder Shanghai, weil er genauso gern auf Reisen geht wie die Autorin. Übrigens: Jetzt gibt es Kugelblitz auch auf Chinesisch. Da heißt er Lao K. Teng Tschang.

Ursel Scheffler

Kommissar Kugelblitz

Das Geheimnis von Spooky Hill

ILLUSTRIERT VON HANNES GERBER

Schneider Buch

Die Deutsche Bibliothek – CIP-Einheitsaufnahme

Scheffler, Ursel:
Kommissar Kugelblitz / Ursel Scheffler. – [Ausg. für Jugendliche]. –
München : Egmont Schneider

Bd. 23. Das Geheimnis von Spooky Hill. – 2001
ISBN 3-505-11546-0

Dieses Buch wurde auf chlorfreies,
umweltfreundlich hergestelltes
Papier gedruckt. Es entspricht den
neuen Rechtschreibregeln.

Der Schneider Verlag im Internet:
http://www.schneiderbuch.de

Titelbild und Illustrationen: Hannes Gerber
Umschlaggestaltung: ART-DESIGN Wolfrath, München
Lektorat: Birgit Meyer
Herstellung/Satz: Gabi König
Druck: Clausen & Bosse, Leck
Bindung: Conzella Urban Meister, München-Dornach
ISBN 3-505-11546-0

02 / 8 7 6 5 4 3 2

Gripspunktetabelle

Das gefälschte Testament	20 Gripspunkte	
Schottischer Mondschein	20 Gripspunkte	
Ein fetter Fang	10 Gripspunkte	
Im *Mageren Moorhuhn*	10 Gripspunkte	
Das verschlüsselte Fax	15 Gripspunkte	
Das Geheimkabinett	5 Gripspunkte	
Gefährlicher Geisterspuk	10 Gripspunkte	
Die Falle schnappt zu	10 Gripspunkte	
Eine Überraschung zum Schluss	0 Gripspunkte	

Dies ist ein Kugelblitzband mit einem Gripstest für fortgeschrittene Detektive. Wenn ihr wissen wollt, wie gut ihr als Detektive seid, dürft ihr die rote Folie nur zur Lösungskontrolle verwenden! Also, nicht schummeln und vorher nachsehen! Die Zeit, die ihr zum Nachdenken braucht, ist egal. Wenn ihr die Lösung nicht gleich findet, solltet ihr das jeweilige Kapitel noch mal genau lesen. Ihr könnt insgesamt 100 Gripspunkte sammeln. Am Ende des Buches erfahrt ihr, welchen Dienstgrad ihr erreicht habt.
Wenn ihr die Höchstpunktzahl erreicht, dürft ihr in den Detektivausweis **„Super-Mega-Turbo-Spitzendetektiv“** eintragen, und ich bin sehr stolz auf euch!

Kugelblitz

(Super-Mega-Turbo-Spitzen-Oberkommissar)

Inhalt

Das gefälschte Testament

„Ich wünsche Ihnen einen schönen Urlaub, Herr Kommissar!“, sagt der Verkäufer und schiebt die Sporttasche mit den neuen Angelsachen über den Ladentisch. „Und guten Fang!“

„Vielen Dank!“, sagt KK und lacht. „Diesmal fang ich Fische und keine Gauner!“

Vergnügt pfeifend verlässt er das Sportgeschäft in der Hamburger Innenstadt. Am Wochenende fährt er mit seinem Neffen Martin zum Angelurlaub nach Malente! Das hat er ihm schon lang versprochen. Jetzt will er noch rasch ins Büro, um sich von seinen Mitarbeitern zu verabschieden. Und dann kann's losgehn …

„Hallo Chef!", ruft Sonja Sandmann, als er zur Tür hereinkommt. „Da war ein dringender Anruf für Sie. Lady Laura Lemon aus Schottland. Kennt Sie angeblich persönlich …"
„Lady Laura?", grübelt Kugelblitz. „Das muss die hübsche Schottin sein, die ich letzte Woche bei der Schiffstaufe im Hafen kennen gelernt habe."

„Hübsch?“, sagt Sonja Sandmann und runzelt die Stirn. „Das konnte ich am Telefon nicht erkennen.“
„Sie hat mich auf ihr Spukschloss in Schottland eingeladen. Das heißt, eigentlich ist es das Schloss ihres Bruders. Ich dachte, das wäre etwas für Martin. Der liebt Spukschlösser!“ Kugelblitz lächelt verschmitzt.
„Am Telefon sagte sie nichts von einer Einladung. Da sagte sie nur, sie habe ein großes Problem!“
„Was für ein Problem?“, erkundigt sich Kugelblitz etwas misstrauisch.
Sonja Sandmann zuckt mit den Schultern. „Das wollte sie mir nicht verraten.“

„Na gut, Sandmännchen. Wenn sie wieder anruft, dann machen Sie einen Termin für übernächste Woche aus!“

Jetzt geht Kugelblitz rasch noch ins Nebenzimmer, um sich von seinen Assistenten Fritz Pommes und Peter Zwiebel ebenfalls zu verabschieden.

„Na? Eine Woche ohne mich, habt ihr das im Griff, Jungs?“, erkundigt er sich augenzwinkernd.

„Alles unter Kontrolle, Chef!“, grinst Pommes.

„Erholen Sie sich gut und schalten Sie mal total ab!“, rät Zwiebel.

„Schöne Grüße an Martin!“, ruft ihm Sonja Sandmann nach. „Und

KOMMISSARIAT
KUGELBLITZ
MORD

schicken Sie uns bitte ein Foto mit Schottenrock!"

Als Kugelblitz mit seinem Angelgepäck das Kommissariat verlässt, stößt er vor der Tür mit einer hübschen rothaarigen, jungen Dame im mintgrünen Sportkostüm zusammen.
„Herr Kommissar!", ruft sie aufgeregt und hält den kleinen, weißen Strohhut fest, den ihr der Wind fast vom Kopf weht. „Wie gut, dass ich Sie noch erwische!"
„Lady Laura?", sagt KK überrascht. „Sie kommen zu spät. Theoretisch bin ich nicht mehr da!"
„Jaja. Man hat mir gesagt, dass Sie

in Urlaub fahren. Und da dachte ich, vielleicht kann ich Sie überreden, Urlaub in Schottland zu machen?“

„Wie kommen Sie auf die Idee?“, entgegnet KK verwundert.

„Sie haben mir doch erzählt, dass Ihr Neffe Martin schon immer mal gern auf ein Spukschloss wollte. Jetzt ergibt sich die perfekte Gelegenheit!“ Sie sieht ihn beschwörend an. „Bitte!“

„Nun, eigentlich wollte ich zum Angeln, und ich wollte mich nicht angeln lassen“, entgegnet KK.

„Angeln? Wo kann man besser angeln als im *Loch Lemon*, gleich neben unserem Schloss? Schottische Lachse! Die besten der Welt."

„Die Sache hat doch einen Haken. Besser: einen Angelhaken?"

Lady Laura senkt den Blick und antwortet dann ernst: „Messerscharf erkannt, Herr Kommissar."

Kugelblitz zögert einen Augenblick und seufzt dann: „Na gut. Können Sie mir in drei Minuten erklären, worum es geht?"

„Mein Bruder Percy ist gestorben. Ganz plötzlich. Sein Testament ist verschwunden. Wenn ich es nicht finde, dann erbt alles sein Arzt, Dr. Serafin!"

„Und was ist mit Ihnen?"

„Mich hat mein Vater enterbt, als

ich siebzehn war. Ich bin mit einem Jazzpianisten durchgebrannt, den ich auf dem Musik-Festival in Edinburgh kennen gelernt habe."
„Nun gut. Aber jetzt wären Sie ja die Erbin Ihres Bruders, nicht Ihres Vaters."
„Genau. Aber man fand einen Brief, in dem mein Bruder diesen Arzt als Erben einsetzt. Und ich weiß genau, dass das nicht stimmt! Ich hab mich nach dem Tod meines Vaters mit meinem Bruder getroffen. Er hat mir gestanden, dass er unter der strengen Erziehung unseres Vaters genauso gelitten hat wie ich. Er durfte Roxane nicht heiraten, die Frau, die er liebte, weil sie die

Tochter eines Kutschers war. Percy wusste, dass er krank war. Ich sollte alles erben, wenn er ohne Nachkommen stirbt.“ Sie seufzt. „Von meinem Mann hab ich mich längst scheiden lassen, und ich möchte gern so bald wie möglich nach Schottland zurück.“

„Hm“, sagt Kugelblitz. „Und was soll ich dabei tun?“

„Beim Tod meines Bruders ging nicht alles mit rechten Dingen zu. Dr. Serafin hat mich nicht verständigt, als es Percy schlecht ging. Angeblich hat er meine Adresse nicht gehabt.“

„Aber das macht den Arzt noch nicht verdächtig …“

„Er hat Pastor Donelly erst geholt, als es zu spät war. Es passierte ausgerechnet an dem Wochenende, an dem der Butler Moses Urlaub hatte und die Köchin Bessy ihren freien Tag. Nur der Arzt war im Schloss, als mein Bruder starb. Ist das nicht seltsam? Und dann die Sache mit dem Testament.“
„Wissen Sie bestimmt, dass es dieses andere Testament gab?“
Lady Laura nickt heftig.
„In der ersten Maiwoche war Percy hier in Hamburg. Er erzählte mir, dass er bereits im März sein neues Testament geschrieben habe.
Zu meinen Gunsten. Bestimmt hat es dieser Serafin verschwinden

lassen. Oder es ist noch irgendwo im Schloss."

„Und warum suchen Sie nicht selbst nach dem Testament?", erkundigt sich Kugelblitz.

„Weil mich Serafin nicht ins Schloss lässt! Ich habe ihm vor lauter Aufregung ein paar sehr unhöfliche Dinge an den Kopf geworfen. Da hat er mir Hausverbot erteilt."

„Dann wird er mich erst recht nicht hineinlassen!", vermutet KK.

„Oh doch!" Lady Laura lächelt. „Das Schloss ist doch ein Spukschloss. Es wird während des Sommers an Touristen vermietet. Als Hausgast könnten Sie sich unauffällig überall umsehen. Vielleicht entdecken

POLIZE

Sie ja auch die Kassette mit dem Familienschmuck. Die ist ebenfalls verschwunden. Natürlich darf Dr. Serafin nicht erfahren, dass Sie in meinem Auftrag im Schloss sind."

„Nun, ich weiß nicht", murmelt Kugelblitz unsicher. „Was wird mein Neffe Martin dazu sagen?"

„Der ist begeistert!", sagt Lady Laura. Der leichte Triumph in ihren grünen Augen ist nicht zu übersehen. „Ich hab schon mit ihm gesprochen! Die Adresse hatte ich ja, weil ich ihm letzte Woche auf Ihre Bitte hin das kleine Büchlein geschickt habe, das ich über unser Spukschloss verfasst habe."

„Ich glaube, verehrte Lady Lemon, Sie sind so gerissen, dass Sie meine Hilfe gar nicht brauchen“, brummt Kugelblitz.

„Heißt das, dass Sie den Fall übernehmen?“, jubelt Lady Laura.

„Eigentlich nicht“, murmelt Kugelblitz. „Aber kann ich Martin den Spaß verderben?“

„Das ist übrigens die Kopie des Briefes, der jetzt als Testament gelten soll.“ Sie öffnet ihre kleine Handtasche und gibt KK den Brief.

Hiermit setze ich meinen Arzt Dr. Serafin, dem ich so viel verdanke, zum Alleinerben ein. Spooky Hill, 3.5.2000

Lord Percy Lemon

„Ist das die Handschrift Ihres Bruders?“
„Nach so vielen Jahren bin ich nicht sicher“, seufzt Lady Laura. „Und Handschriften kann man fälschen. Mein Bruder hat mir immer nur E-Mails geschickt.“
„Wenn alles der Wahrheit ent-

spricht, was Sie mir vorhin erzählt haben, dann ist das Testament tatsächlich eine Fälschung“, brummt Kugelblitz. „Ich übernehme den Fall.“

Frage an alle Detektive, die sich auch in einem schottisch-karierten Fall nicht verwirren lassen:

Weshalb war Kugelblitz sicher, dass das Testament gefälscht war?

Gripspunkte: OOOOOOOOOOOOOOOOOOOO

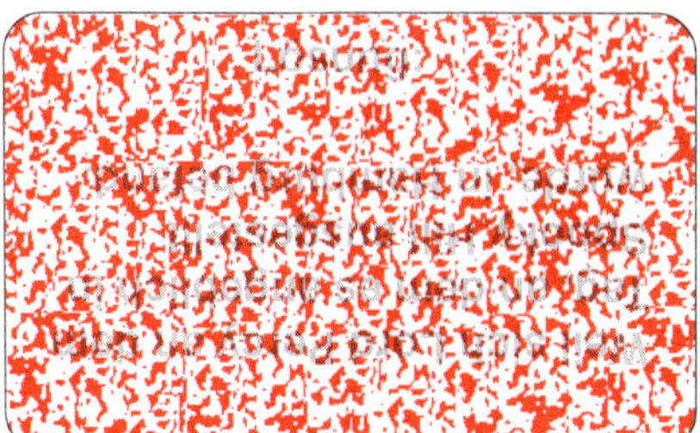

Schottischer Mondschein, Fledermäuse und ein diebisches Gespenst

„Mann, Onkel Isidor! Das ist voll cool!“, ruft Martin begeistert, als sie in der Abenddämmerung aus dem Taxi steigen, das sie vom Flugplatz in die kleine Ortschaft im schottischen Hochland gebracht hat.
Vor ihnen im Mondschein liegt das alte Schloss. *Spooky Hill* sieht wirklich wie eine Gespensterburg aus! Einige der Fenster sind schon erleuchtet. Nur der Turm ist noch

finster, um den im lautlosen Flug Fledermäuse kreisen.
Ein Käuzchen warnt die Nachttiere vor der Ankunft der Fremden.
Es hockt auf einem Ast der Buche, die am Rande des Schlossteiches steht.
Der Taxifahrer drückt zweimal kurz auf die Hupe, damit man auch im Schloss auf die neuen Hotelgäste aufmerksam wird.

Eine etwas nach vorn gebeugte schlanke Gestalt im schwarzen Anzug tritt jetzt aus dem Schlossportal. Es ist Butler Moses.
„Herzlich Willkommen auf Spooky Hill“, sagt er mit einer kleinen Verbeugung. „Darf ich Ihnen mit dem Gepäck behilflich sein?“
Er lädt die Gepäckstücke auf eine Sackkarre, die an der Hauswand lehnt.

Vor einem Eichentisch in der Hotelhalle bleibt der Butler stehen. Dort hängen an Eisenhaken die Zimmerschlüssel. Jeder hat als Schlüsselanhänger ein kleines Gespenst.
„Soll es ein Zimmer mit oder ohne

Spuk sein, Mr. Kugelblitz?“, fragt er so nebenbei, wie man anderswo fragt, ob es mit oder ohne Badewanne sein soll.

„Mit Spuk natürlich. Mit viel Spuk!“, ruft Martin schnell. „Deshalb sind wir ja hier.“

„Dann empfehle ich das Turmzimmer, junger Mann“, sagt der Butler und lächelt verständnisvoll.

„Sind das viele Treppen?“, erkundigt sich Kugelblitz besorgt.

„Schon. Aber keine Sorge: Zum Glück hat Lord Percys Vater einen kleinen Aufzug einbauen lassen. Er war gehbehindert!“

Der Butler führt sie zu einer schmalen Lifttür, die zwischen zwei Ritterrüstungen in der rechten Wand der Hotelhalle verborgen ist. Dann fahren sie nach oben.

„Wow!“, murmelt Martin erstaunt, als sie das Turmzimmer betreten. „Ein echtes Himmelbett!“ Er lässt sich rückwärts auf die Matratze plumpsen.
„Dein Bett ist hier!“, sagt Butler Moses und drückt auf einen Knopf in der Wand. „Ein echtes Geheimbett.“ Lautlos öffnet sich die Schiebetür zum Nebenzimmer.
„Eine Geheimtür! Echt stark!“, ruft Martin begeistert.
„Dieses Schloss steckt voller Geheimnisse“, sagt der Butler und lä-

chelt zufrieden. Seine neuen Gäste scheinen sich wohl zu fühlen. Er weist noch darauf hin, dass das Abendessen ab 19 Uhr in der Ahnengalerie serviert wird. Dann verschwindet er und lässt die beiden allein.

„Ich hab ehrlich Hunger!“, sagt Martin, als sie eine halbe Stunde später beim Abendessen sitzen. „Die blasse Lady über uns sicher auch!“, schmunzelt Kugelblitz und zeigt auf das Porträt der Lady Wimmermore, das direkt über ihrer Suppenschüssel hängt. Das große Medaillon an ihrem Hals schimmert golden im Kerzenlicht.

„Toll gemalt! Der Schmuck sieht aus wie echt!“, staunt Martin. „Sicher sehr kostbar!“, vermutet Kugelblitz.
„In der Tat!“, bestätigt der Butler, der jetzt den Hauptgang serviert. „Das Medaillon gehört zum Familienschmuck der Lemons, der vor kurzer Zeit wie von Geisterhand verschwunden ist.“

„Ob es heute Nacht wirklich spukt?“, fragt Martin, als sie nach dem Abendessen in das Turmzimmer zurückkommen.
„Das will ich doch hoffen, sonst verlangen wir unser Geld zurück“, schmunzelt Kugelblitz.

„Die Schiebetür lassen wir offen, damit die Geister mich nicht übersehen", sagt Martin.

Martin wird nicht enttäuscht. Kaum ist der zwölfte Schlag der Turmuhr verhallt, geht der Spuk schon los. Erst hört er nur ein fernes Heulen, Pfeifen und Wimmern. Aber schließlich knarrt eine Tür, und dann schwebt ein echter kopfloser Geist durch den Raum, gefolgt von einer phosphorgrünen Lady, die nach ihrem verschwundenen Baby jammert.
Martin schlüpft mit weit aufgerissenen Augen bis zur Nasenspitze unter die Decke. Einen Augenblick

lang überlegt er, ob er mit seinem Bettzeug zu seinem Onkel ins Himmelbett flüchten soll, der im Nebenzimmer tief und fest schläft. Aber dann findet er, dass er zu alt und zu mutig dafür ist.

KK bekommt von dem ganzen Spektakel nichts mit. Schwere Arbeitswochen liegen hinter ihm. Er schläft wie ein Murmeltier und wacht auch nicht auf, als noch mal ein Geist ins Zimmer kommt.
Im Gegensatz zu den beiden Vorgängern ist er leise. Im Schein des Mondlichts, das durch das Turmfenster fällt, erkennt Martin, dass er sich am Kleiderschrank zu

schaffen macht. Er huscht noch zum Nachttisch von Kugelblitz. Dann zu Martin. Der presst die Augen zu und stellt sich schlafend. Leise knarren die Türangeln. Ein Stolpern. Ein leises Fluchen. Als Martin die Augen wieder öffnet, ist der Spuk vorbei.
Irgendwie ist ein Gespensterschloss aufregender, als er es sich vorgestellt hat. Martin traut sich nicht mal zur Toilette, obwohl er dringend muss. Und so dauert es fast bis zum Morgen, bis er endlich einschlafen kann.

„Nun, das war wohl Schwindel mit dem Spuk!“, brummt Kugelblitz am

nächsten Morgen. „Ich hab keinen Geist gesehen."
„Von wegen!", sagt Martin und rennt schnell ins Badezimmer. „Drei Geister hab ich gesehen. Und hinterher vor Aufregung kaum einschlafen können."
„Na, da hab ich ja echt was verpasst", bedauert KK. Er bückt sich und hebt einen kleinen, weißen Stofffetzen auf. „Hm! Sollte das ein Stück Geisterhemd sein?"
„Genau! Deswegen also hat der Geist geflucht, als er aus der Tür ging", sagt Martin, der wieder aus dem Bad kommt. „Er muss hier an diesem Nagel hängen geblieben sein."

Als sich die beiden zum Frühstück fertig machen, sucht Kugelblitz nach seiner Brieftasche.
„Verflixt! Ich weiß ganz bestimmt, dass ich sie gestern nach dem Abendessen hier in die Nachttischschublade gelegt habe!“, murmelt er. Nervös durchwühlt er sein ganzes Gepäck. Aber die Brieftasche ist nirgends zu finden.
„Ärgerlich!! Unsere Reisekasse ist weg! Ich fürchte, wir müssen in eigener Sache ermitteln! Als ich das Taxi bezahlte, hab ich die Brieftasche noch gehabt …“
„Das waren bestimmt die Geister! Der dritte Geist war bei deinem Nachttisch. Jetzt erinnere ich mich

genau!“, ruft Martin. „Der muss es gewesen sein!“
„Na, dann werden wir uns mal bei der Hoteldirektion über das diebische Gespenst beschweren. Komm!“, sagt KK entschlossen.

Als KK und Martin in die Hotelhalle kommen, ist Butler Moses gerade mit dem Verteilen der Gäste-Post beschäftigt.
Die beiden erzählen ihm von der gestohlenen Brieftasche.
„Das sagen Sie am besten gleich unserem neuen Chef, dem Dr. Serafin“, seufzt Moses. „Er ist da drüben am Telefon.“
Nachdem Dr. Serafin sein Telefon-

gespräch beendet hat, holt ihn der Butler herüber.

„Ich bin heut Nacht bestohlen worden“, berichtet KK. „Unser ganzes Urlaubsgeld ist weg!“

„Ein Diebstahl? Heute Nacht? Nun, ich gestehe, dass es schon der dritte Vorfall dieser Art ist, der heute Morgen gemeldet wird“, sagt Serafin finster. „Ich werde mich darum kümmern!“

Dann wendet er sich an den Butler und sagt: „Holen Sie sofort Mr. McStarr und Miss Rose hierher. Sie sind beim Frühstück. Jetzt ist es so weit: Ich werde ihren Vertrag fristlos kündigen!“

Nach ein paar Minuten erscheint

ein vergnügtes junges Schauspieler-Paar in der Halle.
Dr. Serafin mustert sie mit grimmigem Blick und sagt dann: „Sie sind fristlos entlassen!“
„Wieso denn so plötzlich? Wir haben mit Lord Percy schriftlich einen Vertrag über drei Jahre abgeschlossen!“, protestiert McStarr.
„Heute Nacht wurde diesem Gentleman von einem diebischen Geist die Brieftasche gestohlen“, sagt Dr. Serafin. „Herr Sprüngli aus Zürich vermisst seine Euroschecks und Mrs. Viehl aus Portland ihre Brillantohrringe. Ich denke, das ist Grund genug.“
„Sie verdächtigen doch nicht etwa

uns?“, ruft Mandy Rose entsetzt.
„Oh doch“, sagt der Hausherr.
„Diebstahl in drei Fällen. Grund genug zur fristlosen Kündigung!“

„Aber Sie haben doch keine Beweise …“, verteidigt sich McStarr.
„Die werd ich mir besorgen! Moses, lassen Sie sofort das Zimmer der beiden durchsuchen!“

Die Schauspieler sehen Hilfe suchend auf Butler Moses. Der zuckt ratlos mit den Schultern. Dann ruft er den Hausmeister an.

Als Kugelblitz und Martin eine halbe Stunde später schweigsam beim Frühstück sitzen, kommt Butler Moses zu ihnen und sagt: „Ich habe eine gute Nachricht für Sie: Unser Hausmeister hat die gestohlenen Sachen tatsächlich im Zimmer der beiden ‚Gespenster' gefunden."
„Oh, vielen Dank", sagt Kugelblitz erfreut, als der Butler die Brieftasche auf den Tisch legt.
„Wie man sich täuschen kann",

sagt Butler Moses bekümmert. „Das hätte ich den beiden nie zugetraut! Der verstorbene Lord Percy hat die beiden Schauspieler vor zwei Jahren mit dem Gespenster-Job betraut. Sie haben den kopflosen Admiral und Lady Wimmermore jede Nacht mit großem Erfolg gespielt, und es ist nie etwas weggekommen.“ Kopfschüttelnd wendet er sich an Dr. Serafin. „Was machen wir jetzt ohne sie?“

„Das besprechen wir gleich“, sagt Dr. Serafin. Er entschuldigt sich bei Kugelblitz und nimmt dann den Butler auf die Seite.

„Sie wissen, dass meine Pläne sowieso in eine andere Richtung

gehen, Moses. Ich werde eine Kurklinik aus dem Schloss machen. Da passen keine Gespenster mehr hinein."
„Aber alle unsere Gäste sind doch wegen der Geister hier", gibt der Butler zu bedenken.
„Dann müssen Sie eben kurzfristig für Ersatz sorgen. Notfalls spuken Sie selber! Sie werden doch noch irgendwo ein altes Nachthemd haben, oder?"

Als Butler Moses wenig später ziemlich betrübt den Frühstückstisch abräumt, sagt KK: „Vielleicht haben Sie sich gar nicht in den beiden getäuscht. Ich denke, da steckt ein ganz anderer Geist dahinter!“

Frage an alle geistreichen Detektive:

a) Wen verdächtigt Kugelblitz? (Täter, 4 Gripspunkte)
b) Wodurch verriet er sich? (Beweis, 4 Gripspunkte)
c) Warum hat er die Tat ausgeführt? (Motiv, 4 Gripspunkte)
d) Wie hat er die Tat begangen? (Ausführung, 4 Gripspunkte)
e) Wann und wie hat er die falsche Spur gelegt? (Irreführung, 4 Gripspunkte)

Gripspunkte: OOOO OOOO OOOO OOOO OOOO

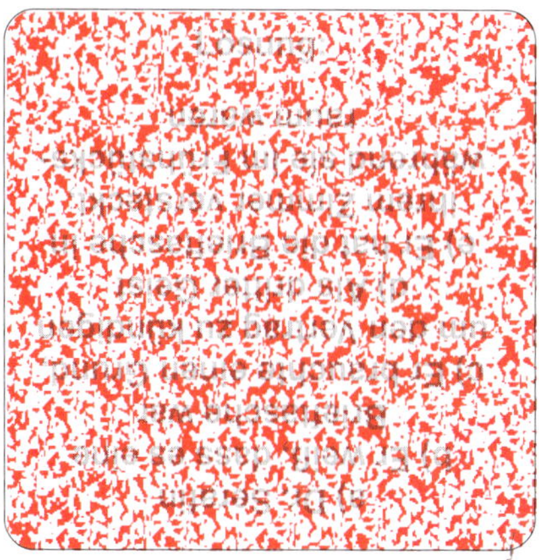

Ein fetter Fang und ein mageres Moorhuhn

„Lady Laura hat tatsächlich Recht!“, sagt Kugelblitz, als er einen riesigen Lachs an der Angel hat. „Hier gibt es die schönsten Lachse der Welt!“

„Und was machen wir mit dem Prachtstück?“, überlegt Martin. „Den bringen Sie am besten zum *Mageren Moorhuhn*, rät eine dunkle Stimme aus dem Hintergrund.

KK und Martin drehen sich überrascht um. Hinter ihnen steht ein Priester mit einem Fahrrad.
„Ich bin Pater Donelly und hoffe, ich habe Sie nicht zu sehr erschreckt!“, sagt er und lächelt. „Sie sind Hotelgäste vom Spukschloss, stimmt’s?“
„Genau“, sagt Martin. „Wir sind Geisterfans aus Hamburg …“
„… und das mit dem mageren Moorhuhn hab ich eben nicht ganz verstanden“, gesteht KK.
Pastor Donelly lacht.
„Das *Magere Moorhuhn* ist unsere Dorfkneipe. Gleich da drüben am Ortsrand. Die Küche war bisher, ehrlich gesagt, wirklich mager. Aber seit Bessy, die ehemalige Schloss-

köchin dort kocht, gibt es nirgendwo besseren Fisch."
„Eine Schlossköchin in der Dorfkneipe? Wie passt das zusammen?", wundert sich Kugelblitz.
„Dafür gibt es leider gute Gründe", sagt der Pastor, und das Lächeln verschwindet aus seinem Gesicht.
„Hängt das mit dem neuen Schlossherrn zusammen?", erkundigt sich KK interessiert.
„Sie kommen ja schnell auf den Punkt", staunt der Pastor.
„Tja, wir haben heute Morgen erlebt, wie er mit Angestellten umgeht. Ich kann mir vorstellen, dass er kein angenehmer Chef ist", bemerkt Kugelblitz.

„Serafin ist nur auf seinen Vorteil bedacht. Immer schon. Er lässt andere für sich arbeiten und feuert jeden, der ihm nicht passt. In seiner Klinik hat er Assistenten, die die Arbeit tun. Er selbst verbringt die meiste Zeit beim Reiten, Jagen oder Golfspielen. Aus dem alten Schloss will er eine Schönheitsfarm für reiche Leute machen und aus den Klosterwiesen einen Golfplatz! Wenn das Lord Percy wüsste! Der wollte die Klosterwiesen eigentlich unserer Kirche vermachen."
Kugelblitz wagt einen Vorstoß: „Man munkelt, dass es bei der Erbschaft nicht ganz mit rechten Dingen zugegangen ist!"

„So ist es“, murmelt Pastor Donelly und beherrscht mühsam seinen Zorn.
„Nun, wenn es kein anderes Testament gibt …“, sagt Kugelblitz.
„Es gab ein anderes“, brummt Donelly düster. „Ich schwör’s. Der Lord hat es mir gezeigt.“
„Aber dieses Testament ist auf rätselhafte Weise verschwunden?“, ergänzt KK.
„Genau. Woher wissen Sie das?“, erkundigt sich Donelly überrascht.
„Von Lady Laura“, sagt Kugelblitz. „Sie fühlt sich ebenfalls hintergangen! Können Sie schweigen?“
„Das gehört zu meinem Beruf“, sagt der Pastor. „Schließlich gibt es das Beichtgeheimnis!“

„Lady Laura hat uns gebeten, nach diesem Testament zu suchen. Ihr Bruder hat es angeblich im März geschrieben. Haben Sie eine Ahnung, wo es der Lord verwahrt haben könnte?“
„In seinem Schreibtisch. Da lag es, als er es mir zeigte. Aber nach seinem Tod lag nur dieser Brief in der Schublade, mit dem er Dr. Serafin als Alleinerben einsetzt.“
„Gefälscht?“, fragt KK und zieht die linke Augenbraue hoch.
„Gut möglich“, murmelt der Pastor. „Außerdem hat Percy seinem Arzt blind vertraut. Er hätte sicher alles unterschrieben, was der ihm unter die Nase gehalten hat.“

„Wenn wir nichts beweisen können, ist alle Mühe vergeblich“, brummt Kugelblitz.
„Warten Sie mal“, überlegt der Pastor. Lord Percy sagte damals etwas von einer Abschrift, die er mir zur Sicherheit anvertrauen wollte. Aber dazu ist es dann nicht mehr gekommen.“
Jetzt hört man Hufgeklapper auf dem Kiesweg hinter den Bäumen.
„Ich glaube, da kommt noch jemand, der auf Dr. Serafin überhaupt nicht gut zu sprechen ist!“
Donelly deutet auf ein junges Mädchen, das jetzt auf einem schwarzen Pferd zum Seeufer geritten kommt. „Das ist Ann.

Eines der Waisenkinder aus der Klosterschule. In ihrer Freizeit betreute sie die Pferde des Lords. Sie mochte den Lord sehr."

Martin gefällt das sportliche junge Mädchen sofort. Sie ist ungefähr so alt wie er und hat glatte, rotblonde Haare.

Ann springt vom Pferd und begrüßt den Pastor herzlich. Dann wirft sie einen fragenden Blick auf KK und Martin.

„Sie sind Gäste im Schloss. Wir haben gerade ein wenig über den neuen Schlossherrn geplaudert", erklärt der Pastor.

Anns Miene verfinstert sich schlagartig. „Gut, dass ich nicht dabei

war“, sagt sie. „Ich kann den Kerl nicht ausstehen.“
„Gibt es einen Grund dafür?“, erkundigt sich KK gespannt.
„Er ist arrogant und scheinheilig. Sein wahres Wesen erkennt man am besten, wenn man ihn beim Reiten beobachtet. Er schindet die Pferde.“
„Nicht nur die Pferde“, bemerkt Martin. „Zu seinen Angestellten ist er auch nicht sehr nett.“
„Außerdem halte ich ihn für keinen guten Arzt. Vermutlich hat er seinen Doktortitel im Lotto gewonnen. Ich denke, dass er auch Lord Percy falsch behandelt hat …“
„Vorsicht, mein Kind“, greift jetzt

der Priester ein. „Das sind schwere Anschuldigungen, für die du keine Beweise hast."
„Aber ich habe Beweise, dass er ein Erbschleicher ist. Denn Lord Percy hat mir mein Lieblingspferd Stella versprochen. Bei unserem letzten Ausritt! Er hat gesagt, dass er es in sein Testament geschrieben hat. Er wollte mir auch ein Medaillon zum Geburtstag schenken. Weil ich ihn an jemanden erinnere, hat er gesagt."
„An seine Schwester vermutlich", mischt sich der Priester ein.
Anns Stimme ist auf einmal ganz traurig. Man spürt, dass sie den Lord sehr gemocht hat.

„Aber dann war die Kassette mit dem Familienschmuck plötzlich nicht mehr aufzufinden …“

„Nun, das sind leider alles keine richtigen Beweise“, bedauert Kugelblitz. „Wir müssten schon das echte Testament finden – oder zumindest die Abschrift, von der Lord Percy Pater Donelly erzählt hat.“
„Aber wie? Serafin lässt mich nicht mehr ins Schloss. Pferdemädchen stinken, die haben dort nichts zu suchen, hat er gesagt. Dabei bin ich früher dort ein- und ausgegangen“, beklagt sich Ann.
„Wir werden uns darum kümmern“, verspricht Martin und wirft Ann

einen aufmunternden Blick zu.
„Nicht wahr, Onkel Isidor!“
„Gewiss“, sagt Kugelblitz. „Notfalls werde ich im Schloss bei Nacht ein wenig herumgeistern.“
Sie unterhalten sich noch eine Weile. Dann sagt Pastor Donelly: „Nach dem Angeln sollten Sie wirklich unserem Pub einen kleinen Besuch abstatten. Erstaunlich, was man dort alles erfährt, wenn man die Ohren offen hält. Aber nehmen Sie die Straße. Der Weg durchs Moor ist zu gefährlich, wenn man sich nicht auskennt.“
Dann verabschiedet er sich und steigt auf sein Stahlross.
Ann reitet ebenfalls weiter.

„Ich glaube, jetzt hat bei mir etwas angebissen“, sagt Martin und zerrt an der Angel. Weil er es allein nicht schafft, hilft ihm sein Onkel Isidor. Aber auch gemeinsam bekommen sie den Fang nicht hoch.
„Da gibt es nur eine Möglichkeit: Entweder hat sich *Nessie* dran festgebissen, oder der Haken hängt an einem Gegenstand fest“, vermutet Kugelblitz. „Weißt du noch, als wir mal einen alten Kinderwagen an der Angel hatten?“
„Ich werd mal nachsehen!“, sagt Martin. Er zieht sein T-Shirt aus und springt ins Wasser.
Kurz darauf taucht er prustend wieder auf. In der rechten Hand

hält er eine mit Schlingpflanzen umhüllte Kassette.
Kugelblitz entdeckt das Wappen im Deckel und sagt: „Ich fress einen Besen, wenn das nicht die vermisste Kassette der Lemons ist!“
„Sie ist leer“, sagt Martin enttäuscht.

„Na klar“, schmunzelt KK. „Der Dieb hat sie ausgeraubt und dann in den See geworfen.“
„Damit er nicht verdächtigt wird“, ergänzt Martin.
„So ist es! Und deshalb werden wir sie genau da wieder hinlegen, wo du sie gefunden hast. Wenn jemand sie in unserem Zimmer entdeckt, wird man uns als Diebe verdächtigen. Wie das geht, haben wir ja heute Morgen erlebt. Außerdem hab ich da noch so eine kleine Idee!“
„Im Deckel der Kassette steht etwas!“, sagt Martin. Er macht Kugelblitz auf eine zarte Gravur aufmerksam.

KK holt seine Lupe hervor und sagt: „Das heißt Ycrep & Enaxor. Und darunter ist ein Herz. Sieht aus, als hätte sich ein Liebespaar hier verewigt."

„Komische Namen!", findet Martin. „Vielleicht Keltisch oder Gälisch", überlegt KK. Und dann hat er wieder mal eine Kugelblitzerleuchtung. „Die Inschrift ist nicht so alt, wie sie auf den ersten Blick aussieht! Zehn bis zwölf Jahre vielleicht. Der eine Name gehört jemandem, mit dem wir uns gerade befassen. Was der andere Name bedeutet, werden wir noch herausfinden müssen!"

Und dann stößt er die Kassette ins Wasser zurück. Gluckernd versinkt sie neben dem Bootssteg im See.

Frage:

1. Was bedeutet Ycrep & Enaxor? (5 Gripspunkte)
2. Wer kann die beiden Namen jetzt schon entziffern und zuordnen? (5 Gripspunkte)

Gripspunkte: OOOOO OOOOO

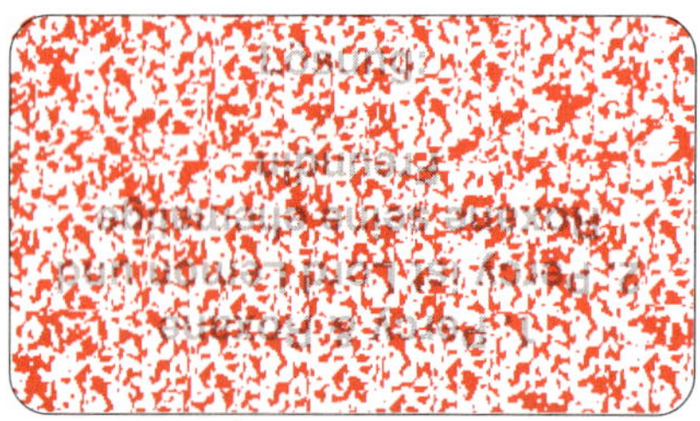

Im *Mageren Moorhuhn*

„Ein Prachtstück!“, ruft die Köchin Bessy voll ehrlicher Bewunderung, als sie den herrlichen Lachs an der Küchentür des Pubs von KK in Empfang nimmt. „Den wollen Sie doch nicht etwa allein essen?“
„Wir laden natürlich alle ein, die gern mitessen möchten!“, verspricht Kugelblitz.
„Ich werd mir Mühe geben, dass es ein Festschmaus wird“, sagt die rundliche Köchin. „Aber das wird ein Weilchen dauern.“

„Wir können inzwischen ein paar witzige Fotos machen, Onkel Isidor!“, sagt Martin. „Dort an der Fotowand neben dem Pub. Wenn du den Kopf durch das Loch steckst, bist du ein flotter Schotte.“
„Gute Idee! Das ist das Bild, dass ich Pommes, Sandmann und Zwiebel schicken werde“, grinst KK.
Neben dem Pub poliert ein junger Mann eine *Harley Davidson*.
„Darf ich mich mal draufsetzen?“, erkundigt sich Martin und deutet auf das Motorrad.
„Sie gehört Dr. Serafin. Aber wenn’s nur für ein Foto sein soll, hat er sicher nichts dagegen!“, grinst der junge Mann.

Zufrieden mit ihrer Fotoausbeute betreten KK und Martin eine halbe Stunde später die Wirtsstube. Es ist gerade eine große Debatte im Gang. McStarr und Mandy Rose berichten einem aufgeschlossenen Publikum von ihrem aufregenden Erlebnis am Morgen.

„… die gestohlenen Sachen hat bestimmt jemand unter unserer Matratze versteckt“, knurrt McStarr.

„… und dann hat Dr. Serafin uns einfach hinausgeworfen!“, schimpft Mandy Rose aufgeregt.

„Richtig peinlich war uns das vor all den Hotelgästen“, fügt McStarr mit einem Blick auf Kugelblitz und Martin hinzu.

„Das muss Ihnen nicht peinlich sein“, versichert Kugelblitz und wirft einen prüfenden Blick in die Runde. „Mein Neffe und ich sind sicher, dass Sie mit dem Diebstahl nichts zu tun haben. Irgendjemand wollte Ihnen etwas anhängen. Haben Sie Feinde im Schloss?“

„Nicht dass ich wüsste“, beteuert Mandy Rose.

„Und Dr. Serafin war bisher auch immer freundlich zu uns“, erinnert sich McStarr.

„Ich hatte heute das Gefühl, dass er froh war, Sie loszuwerden. Da kam ihm der kleine Zwischenfall mit dem Diebstahl gerade recht“, überlegt KK laut.

„Kleiner Zwischenfall? Wir sind ruiniert!“, ruft McStarr aufgebracht. „Wir sitzen auf der Straße und sind arbeitslos“, schluchzt Mandy Rose. Tränen schimmern in ihren Augen. Da ist keiner im *Mageren Moorhuhn*, der nicht Mitleid mit den beiden hätte.

Auch Kathy Fry tun die beiden Leid, und sie beschließt, bei ihrem Chef ein Wort für sie einzulegen. Sie ist Dr. Serafins Sprechstundenhilfe und isst häufig mittags eine Kleinigkeit im Pub, weil ihr das Essen in der Klinik nicht schmeckt. Serafin ist immer besonders aufmerksam zu ihr. Manchmal fast zu aufmerksam, findet Kathy.

„Ich komme!“, ruft Bessy und stößt die Pendeltür zur Küche mit dem Fuß auf. Der köstlich zubereitete Lachs liegt in kleinen Portionen auf einer großen Platte.
„Na dann, guten Appetit!“, ruft Kugelblitz und lädt alle Anwesenden dazu ein, wie er es versprochen hat.
Als Bessy gerade ein schönes Stück Lachs auf den Teller von Kathy Fry legt, bemerkt sie das Medaillon an ihrem Hals.
„Ein hübsches Schmuckstück hast du da, Kathy“, sagt sie. „Neu?“
„Von meinem Chef zum Geburtstag“, antwortet Kathy und errötet leicht. „Modeschmuck. Er hat es in

Paris gekauft, als er beim Ärztekongress war."

„Da hab ich so meine Zweifel", raunt KK seinem Neffen Martin zu. „Wenn mich nicht alles täuscht, haben wir dieses Medaillon schon mal wo gesehen!"

„Ich weiß, was du meinst", sagt Martin. Und dann lässt er sich den Lachs schmecken.

Das Tischgespräch kreist um Geister und Monster. Und natürlich um Lessie, die jeden Sommer neugierige Touristen und Journalisten anlockt.

„War nur logisch, dass Nessies Schwester *Lessie* im *Loch Lemon* spukt", sagt der Wirt und grinst.

„Den Tipp bekam Lord Percy von mir. Und die Sache mit dem Spukhotel hat ebenfalls gut eingeschlagen. Sonst war ja hier bei uns im Sommer nicht viel los."
„Und wir hatten einen guten Job", seufzt McStarr.
Martin sitzt neben McStarr und raunt ihm ins Ohr: „Wissen Sie, dass außer Ihnen heute Nacht noch ein Gespenst in Spooky Hill spukte? Ich hab's ganz deutlich gesehen!"
„Wirklich?", ruft McStarr hoffnungsvoll. „Wie sah es aus?"
„Es war unter einem weißen Laken versteckt."
„Ich fürchte, so sehen neunund-

neunzig Prozent aller Gespenster aus“, seufzt McStarr. „Das hilft uns nicht weiter.“

„Vielleicht doch“, mischt sich KK ins Gespräch. „Jede Kleinigkeit ist wichtig. Nach dem Essen würde ich zum Beispiel gern einen Blick in ihren Kostümkoffer werfen.“

Frage:

1. Weshalb will KK in den Kostümkoffer der Schauspieler sehen? (5 Gripspunkte)
2. Wo hat KK Kathys Medaillon schon einmal gesehen? (5 Gripspunkte)

Gripspunkte: OOOOO OOOOO

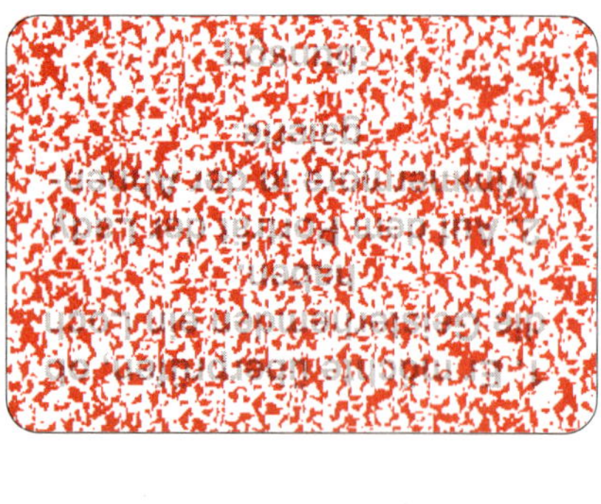

Das verschlüsselte Fax

Ein Regennachmittag ist schuld daran, dass sich Martin und sein Onkel am nächsten Tag stundenlang in der Bibliothek des Schlosses aufhalten können, ohne Verdacht zu erregen.
Kugelblitz nützt die Gelegenheit, um unauffällig zwischen den Bücherregalen herumzuschmökern. Aber nirgends ist eine Spur des Testaments zu finden.
„Dieser Serafin ist ein Schuft", sagt Martin. „Da bin ich sicher."

„Leider fehlen uns immer noch die Beweise“, seufzt KK.
In diesem Augenblick kommt Butler Moses mit einem Silbertablett.
Darauf liegt ein Fax.
„Eben angekommen“, sagt er.
„Aber es ist in einer komischen Sprache geschrieben.“

„Das ist Alt-Pekinesisch", sagt KK und schmunzelt. „Ein Freund von mir ist Sprachenforscher."
Er zwinkert Martin zu. Der weiß natürlich, dass es ein verschlüsseltes Fax aus dem Büro in Hamburg ist. KK lässt sich alle Faxe verschlüsselt übersenden, wenn er unterwegs ist.
„Darf ich?", fragt Martin und nimmt das Fax. Er entschlüsselt leidenschaftlich gern Geheimbotschaften.

```
TT UMQVB, LMZ JCBTMZ
EMQAA UMPZ.
VIKP OMPMQUHQUUMZ NZIOMV!
EMVV MZ HWMOMZB, NZIOB
VIKP XWWXMZ!
AA
```

Stolz überreicht Martin wenig später KK den decodierten Text. „Gut, dann werden wir jetzt den Butler befragen“, sagt Kugelblitz.

Frage an alle Geheimschriftspezialisten:

1. Wer kann das Fax ebenfalls entschlüsseln? (9 Gripspunkte; siehe Geheimschrifttabelle vorne im Buch)
2. Wer ist TT? (3 Gripspunkte)
3. Wer ist AA? (3 Gripspunkte)

Gripspunkte: OOOOOOOOO OOO OOO

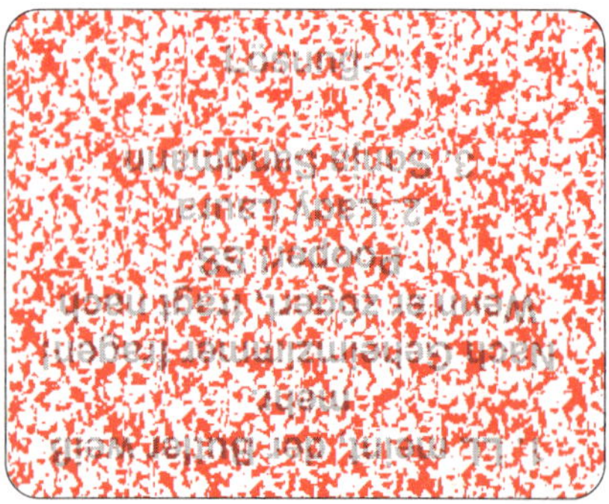

Rätsel um das Geheimkabinett

Butler Moses ist zunächst sehr reserviert. Er verweigert jede Auskunft über seinen alten und seinen neuen Arbeitgeber.
„Diskretion ist oberstes Gebot für einen Butler“, sagt er.
„Das ist gut. Dann werden Sie auch niemandem verraten, dass wir im Auftrag von Lady Laura hier sind. Der rechtmäßigen Erbin von Spooky Hill“, sagt KK.
„Oh!“, haucht Butler Moses erschrocken und verbirgt sein über-

raschtes Gesicht rasch hinter der weiß behandschuhten Linken. Dann sagt er leise: „Können Sie das beweisen?"

„Lady Laura meinte, wir sollten das Wort *Pooper* zu Ihnen sagen. Das ist ein Wort, mit dem nur Sie etwas anfangen können."

„*Pooper*?", wiederholt der Butler, und ein Lächeln huscht über sein Gesicht. „Ja, das Wort kenne nur ich. Es ist der Name des Meerschweinchens, das Lady Laura heimlich in ihrem Zimmer aufzog und von dem ihr strenger Vater nichts wissen durfte. Jetzt glaube ich Ihnen. Wie kann ich Ihnen helfen?"

„Es muss im Schloss ein Geheimzimmer geben. Lady Laura vermutet, dass der Lord die Kopie des Testaments dort versteckt hat."
„Ein Geheimzimmer? Ja. Das gibt es vermutlich. Wo es genau ist, das wissen immer nur der Lord und sein ältester Sohn. Aber Lord Percy hatte ja keinen Sohn. Und ehe er Gelegenheit fand, seiner Schwester davon zu erzählen, ist er verstorben."
„Haben Sie eine Ahnung, wo es sein könnte?"
Der Butler zögert mit seiner Antwort. Er sieht sich um, ob sie auch niemand belauscht und flüstert dann: „Nein, ähem, ja natürlich.

Der Zugang muss in der Bibliothek verborgen sein. Einmal, als ich abends den Portwein brachte, war Lord Percy verschwunden. Ich stellte das Glas und die Karaffe auf den Schreibtisch. Kurz darauf trat er jedoch aus der Bibliothekstür und bat mich um Zwieback und Tee, weil er Bauchschmerzen hatte."
„Das heißt, er war im Raum und Sie haben ihn nicht gesehen?"
„Ich habe sogar gerufen, und er hat mich nicht gehört", versichert der Butler. „Es muss irgendwo eine Geheimtür geben."
„Gibt es Pläne vom Schloss?"
Der Butler schüttelt den Kopf.
„Soviel ich weiß, nicht. Vielleicht

sind sie ja im Geheimkabinett. Es hat im Verlauf der Geschichte genug Kämpfe und Überfälle auf das Schloss gegeben. Fast alle Schlösser und Burgen in Schottland haben irgendwelche Geheimgänge oder Geheimzimmer. Das war in Kriegszeiten lebenswichtig. Nur durfte niemand davon erfahren."

„Ich denke, ich werde heute Nacht ein wenig durch das Haus geistern", sagt KK und lächelt.

„Sie könnten mich als Gespenst vertreten", schlägt der Butler rasch vor. „Gestehe, dass mir diese lächerliche Geister-Rolle gar nicht behagt."

„Ich habe Spukerfahrung von der

letzten Klassenfahrt“, sagt Martin. „Darf ich mitkommen?“
„Darüber lässt sich reden“, schmunzelt KK.
Der Butler versorgt sie mit weißen Laken, und dann gehen sie zur Kostümprobe ins Turmzimmer.

„Du siehst irre komisch aus, Onkel Isidor! Ein Kugelgespenst!“
Martin schiebt seinen Onkel vor den Spiegel und lacht sich halb tot dabei. „Hihihi! Hahaha!“ Er hüpft vergnügt von einem Bein aufs andere. „Kommissar Kugelwitz! Wenn das bloß Pommes sehen könnte!“
„Pscht!“, ruft Kugelblitz ärgerlich.

„Nicht so laut, sonst entlarvt man uns noch vor der Geisterstunde!" KK schlüpft rasch wieder aus seinem Geistergewand und hängt es an einen Haken im Badezimmer. „Auf dem Weg zum Abendessen werden wir uns die Lage der Zimmer mit ‚Spukgarantie' genau einprägen, damit wir niemanden vergessen. Das hab ich Moses versprochen!“, nimmt sich KK vor.

Das Abendessen wird an diesem Abend bei Kerzenlicht serviert. Für Kugelblitz und Martin ist wieder der Tisch unter dem Porträt der Lady Wimmermore reserviert.
„Sieh es dir genau an“, sagt Kugelblitz und deutet auf das Bild.
„Du hast Recht. Sieht genauso aus wie das Medaillon, das Kathy Fry trug“, sagt Martin.
„Was schließen wir daraus?“
„Es gibt entweder mehr solcher Medaillons, oder es stammt aus dem Familienschmuck.“

„Geenau!“ KK nickt zustimmend. „Dann hat es Dr. Serafin nicht in Paris gekauft, sondern aus der Schmuckkassette entnommen.“
„Das wäre denkbar“, stimmt KK zu. Zum Nachtisch gibt es Eis mit Schlagsahne, und die runde Welt des Kommissar Kugelblitz ist voll in Ordnung.
Zufrieden wischt er sich den Mund mit der Serviette ab und sagt: „Dann werden wir Serafin mal ein bisschen nervös machen!“
Er steht auf und steigt auf den Stuhl, um das Medaillon mit der Lupe näher zu betrachten.
Dr. Serafin bemerkt es natürlich und kommt auf ihn zu.

„Was fällt Ihnen ein! Lassen Sie sofort die Bilder in Ruhe! Das sind sehr wertvolle Originale“, sagt er ärgerlich.
„Ich hab nur das Schmuckstück näher betrachtet. Ein besonders ausgefallenes Medaillon!“, sagt KK.
Serafin dreht sich abrupt um und geht weg. Martin beobachtet, wie er am Ende der Galerie auf Butler Moses einredet.
Als der Butler den Kaffee serviert, sagt er leise: „Was haben Sie bloß mit dem Gemälde gemacht? Er sagt, Sie hätten es angefasst. Ich soll es sofort abnehmen lassen. Es wird restauriert.“
„Wunderbar. Er wird nervös“, ant-

wortet KK leise und reibt sich die Hände.

Frage:

Was beweist Dr. Serafins Reaktion?

Gripspunkte: OOOOO

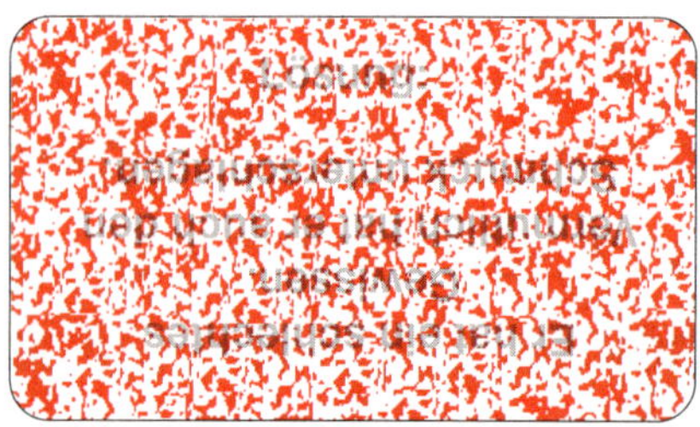

Gefährlicher Geisterspuk

Die Uhr auf dem Schlossturm schlägt Mitternacht.
„Komm!“, sagt KK zu Martin. „Es geht los!“
Eine Minute später huschen ein schmales und ein rundes Gespenst durch die langen, dunklen Schlossgänge. Es spukt bei Mr. Sprüngli, Mrs. Viehl und in fünf anderen Gästezimmern mit „Spukgarantie“.
„Ich glaube, jetzt haben wir alle bedient“, flüstert KK. „Und jetzt ab in die Bibliothek!“

Mit seiner kleinen Detektivtaschenlampe sucht Kugelblitz jeden einzelnen Winkel der Bücherwand ab.

„Irgendwo muss der Lord ja verschwunden sein, als ihm damals Moses den Portwein brachte!“, murmelt er.

„Ich hab einen alten Schlüssel gefunden. Hier in der chinesischen Vase! Ob das etwas bedeutet?“,

meldet sich Martin von der Fensterbank her.
„Könnte sein. Aber sieh mal hier. Sind da nicht leichte Schleifspuren im Parkett?“ KK leuchtet auf den Fußboden. Schwache halbkreisförmige Kratzer sind zu erkennen.
„Du meinst, eine Drehtür oder so?“, überlegt Martin.
„Geeenau! Und das alte Lexikon dort sieht auch ziemlich abgegriffen aus …“
KK zieht das alte Buch aus dem Regal und brummt zufrieden: „Sieh mal an! Richtig kombiniert!“
Er deutet auf ein altmodisches Schloss in der Rückwand des Regals. „Gib mal den Schlüssel

her, den du eben gefunden hast.“ Tatsächlich: Der Schlüssel aus der chinesischen Vase passt genau in das alte Schloss. Mit ein wenig Anstrengung lässt er sich herumdrehen. Eine Verriegelung schnappt zurück. Nach einem leichten Druck auf die Bücherwand schwingt ein Regalelement um seine Mittelachse und gibt einen Durchgang frei. Dahinter gähnt ein finsteres Loch.
„Wow!“, staunt Martin. „Richtig gruselig!“
KK leuchtet in die Öffnung hinein. Jetzt kann man einen kleinen Raum erkennen, in dem ein alter Schreibtisch steht. Auf dem liegen vergilbte Papiere. Eine Kerze auf

dem Tisch lässt vermuten, dass es kein elektrisches Licht gibt.
„Komm mit!“, flüstert Kugelblitz und zwängt sich als Erster hinein.
Über dem Schreibtisch zeugt ein ausgestopfter Elchkopf von der Jagdleidenschaft der Lords. Daneben hängt das Familienwappen der Lemons mit Einhorn, Drachen, Brücke und Zitrone. Über dem Wandregal mit alten Büchern haben Spinnen ihre Nester gebaut. KK wirft einen kurzen Blick auf die verstaubten Dokumente, die auf dem Schreibtisch liegen. Er entdeckt die alten Schlosspläne und ein Bündel Liebesbriefe von Lord

Percy an eine gewisse Roxane. Die sind zwölf Jahre alt. Nun, das was er sucht, ist allerdings jüngeren Datums.
KK ist so mit dem Studium der alten Papiere beschäftigt, dass er das aufmerksame Augenpaar nicht bemerkt, das ihn jetzt von der Bibliothek aus beobachtet.
Er öffnet die Schreibtischschublade und da liegt es vor ihm – das Testament!
„Geschrieben im März dieses Jahres. Genau wie es Lady Laura gesagt hat“, murmelt KK leise und schiebt das Dokument rasch unter sein Geisterhemd.
Lautlos schließt sich die Geheimtür.

Das Schloss schnappt ein. Höhnisches Lachen erklingt.
Erschrocken drehen sich die beiden um. Aber da ist es schon zu spät. Der Schlüssel dreht sich im Schloss.
„Der Schlüssel! Wir Idioten haben ihn stecken lassen!“, ruft Martin erschrocken.
Eine dumpfe Stimme auf der anderen Seite höhnt: „Fahrt zur Hölle! Die Geister von Spooky Hill kennen ihren Meister!“
„Scheibenkleister!“, flucht KK wütend. „Jetzt sitzen wir in der Falle!“
„Serafin?“, fragt Martin.
KK nickt. Er zweifelt keinen Augen-

blick lang, dass Serafin es ist, der sie in diese ziemlich aussichtslose Lage gebracht hat.

Die Kammer ist beklemmend eng und stickig.

„Wir müssen hier schnellstens wieder heraus. Sonst werden wir am Ende echte Geister“, murmelt Martin.

„Cool bleiben, alter Junge!“, sagt KK und zündet die Kerze an. „Wir

wollen die Taschenlampenbatterie schonen."
Gemeinsam versuchen die beiden die Geheimtür zu öffnen. Aber sie bewegt sich keinen Millimeter.
„Gute alte Wertarbeit", knurrt KK.
„Sieh mal, die Kerze!", ruft Martin. Ihm ist aufgefallen, dass sich die Flamme leicht zur Seite neigt. Ganz so, als gäbe es einen leichten Luftzug von rechts.
„Ob irgendwo ein Mauerspalt ist? Ein zweiter Ausgang eventuell?", überlegt KK. Er nimmt die Kerze und führt sie an der Wand entlang. Tatsächlich, da ist ein Spalt zwischen den Mauersteinen, aus dem kühlere Luft kommt. „Wenn das

nicht nur der Hintereingang für Spinnen und Kakerlaken ist, könnte es ein Notausgang sein!“, hofft KK.
„Wäre auch sinnvoll. Man pflegte solche Geheimverstecke stets mit einem Fluchtweg nach draußen zu verbinden. Sonst wären die Schlossbewohner im Ernstfall in ihrer eigenen Falle gefangen gewesen, so wie wir jetzt!“
„Man muss diesen Fluchtweg nur finden“, sagt Martin, dem jetzt ziemlich mulmig zumute ist.
„Die Baupläne!“, erinnert sich KK und wühlt in den alten Dokumenten. Er findet das Blatt, auf dem das Stockwerk mit der Bibliothek eingezeichnet ist. „Hinter der Biblio-

thek scheint es eine doppelte Mauer zu geben. Die rote, gestrichelte Linie ist vermutlich der Fluchtweg."
„Er führt durch die Gruft in den Mauergraben", ruft Martin. „Das ist fabelhaft. Aber wie kommen wir in den Gang hinein?"
„Vielleicht hilft uns diese Inschrift weiter!", sagt KK und deutet auf eine verwitterte Schrift an der Wand.
„Der gleiche Spruch, wie auf dem Familienwappen über dem Schreibtisch", sagt Martin. „Per aspera ad astra – versteh ich nicht. Ist das ein Zauberspruch?"
„Das ist Lateinisch und heißt *Durch Nacht zum Licht*", sagt Kugelblitz.

Er grübelt, was das in diesem Zusammenhang bedeuten könnte. Plötzlich geht ein Leuchten über sein Gesicht.
„Das Wappen zeigt uns den Weg zum Licht!“ Er nimmt das Wappen von der Wand. Dahinter erscheint ein Graffiti, das wie ein Bilderrätsel aussieht.
KK und Martin finden die Lösung des Rätsels schnell.

Sekunden später öffnet sich die Geheimpforte, die durch die doppelwandige Schlossmauer hinunter zur Gruft und über den Schlossgraben in die Freiheit führt.

Frage:

1. Kannst du das Bilderrätsel entziffern? (8 Gripspunkte)
2. Wie öffnet KK die Geheimtür? (2 Gripspunkte)

Gripspunkte OOOOOOOO OO

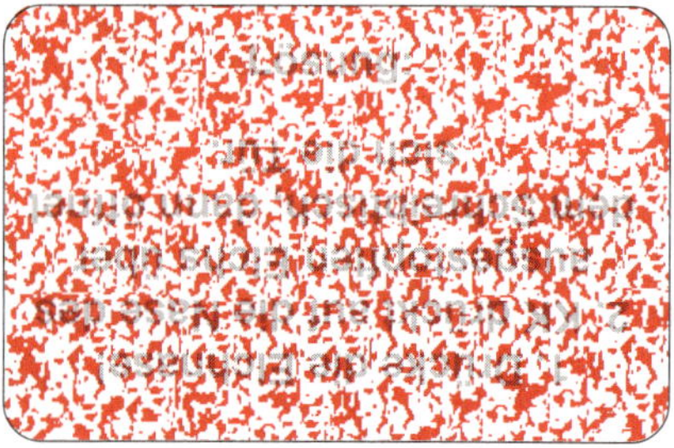

Die Falle schnappt zu

„Die Erde hat uns wieder!“, sagt KK, als er aus dem Schlossgraben in den Park klettert.

„Und was machen wir jetzt?“

„Wir tun, als sei nichts gewesen, bis Serafin einen Fehler macht. Morgen früh rufe ich meinen Freund McTools bei der schottischen Polizei an. Der soll kommen und ihn verhaften, wenn wir ihn überführt haben.“

„Und wie wollen wir ihn überführen?“, fragt Martin.

„Wir stellen ihm eine Falle. Ich hab schon einen Plan. Moses muss uns dabei helfen. Und jetzt rasch in die Federn, wir müssen morgen ausgeschlafen sein!"

Martin macht zunächst kein Auge zu. Als er endlich einschläft, wird es draußen schon hell.
Kugelblitz schläft tief und fest.
Als er gegen sieben Uhr aufwacht, klettert er auf die Turmplattform.
Da hat er den besten Empfang mit seinem Handy.
Er verständigt McTools. Der will gegen elf Uhr in *Spooky Hill* sein.
Dann ruft er Sonja Sandmann an.
Die föhnt gerade ihre Haare.

„Sandmännchen, dies ist dringend und *top-secret*. Bitte schicken Sie heute um neun Uhr folgendes Fax spiegelschriftverschlüsselt an mich nach *Spooky Hill*:

Benötige dringend die Kassette, in der der Familienschmuck war. Auch wenn sie leer ist. Im Deckel steht die Geheimnummer unseres Schweizer Bankfachs. Nur so komme ich an unser Vermögen! Dank für Ihre Hilfe: LL

„Wird gemacht, Chef! Wie läuft alles?"

„Der Fisch ist am Haken", sagt KK. „Muss nur noch abgekocht werden."

Schmunzelnd bricht er die Ver-

bindung ab. Dann geht er wieder ins Turmzimmer hinunter.
Um halb neun weckt er Martin.
„Aufstehen. Der Countdown läuft!“, ruft KK und zieht Martin die Decke weg.
Als sie kurz nach neun beim Frühstück sitzen, bringt Moses den Kaffee und das Fax.
„Wann kommt Ihr Chef?“, erkundigt sich KK.
„Um zehn Uhr“, antwortet Moses.
„Sie sollten ihm erzählen, dass wir ein verdächtiges Fax bekommen haben. Er soll es lesen. Das ist wichtig.“
„Aber es ist doch in Alt-Pekinesisch geschrieben …“, sagt Moses.

„Nein, diesmal ist es bloß in Spiegelschrift. Er muss es nur vor einen Spiegel halten. Dann wird er zum See laufen. Wir erledigen dort den Rest."

„Wenn Sie meinen", sagt Butler Moses unsicher, dem seine Rolle als Detektivassistent ganz und gar nicht gefällt.

„Vielleicht könnten Sie ihm noch sagen, dass wir nicht zum Frühstück gekommen sind? Er hat uns nämlich heute Nacht eingesperrt. Es wäre gut, wenn er nicht sofort erfährt, dass wir wieder frei sind!"

„Ich tu's für Lady Laura", seufzt der Butler und rollt die Augen verzweifelt zur Decke. Lügen ist ihm zutiefst zuwider. Er ist eine grundehrliche Haut.

Kugelblitz und Martin packen ihre Angelsachen und wandern zum See. Sie setzen sich hinter einem Gebüsch versteckt so ans Seeufer, dass sie den Bootssteg genau im Auge behalten können.
Dann wählt Kugelblitz noch mal die Nummer von Inspektor McTools und meldet: „Der Köder ist am Haken!“ Natürlich meint er nicht den fetten Wurm, den er soeben an seiner Angelschnur ins Wasser geworfen hat, sondern die leere Kassette, die beim Bootssteg auf dem flachen Seegrund liegt.

„Und wir sind schon unterwegs“, versichert McTools.

Der See liegt still und friedlich vor der Bergkulisse. Martin hat keine Lust zum Angeln. Er ist viel zu aufgeregt. Dafür formt er mit den Händen große Fußabdrücke im feuchten Ufersand. Er grinst und sagt: „Sehen doch wie Drachentapser aus, oder? Wir werden nachher im Pub erzählen, dass wir *Lessie* gesehen haben. Wie sie aus dem See kam. Ganz deutlich!“
„Erst warten wir auf ein anderes Ungeheuer“, sagt KK. „Wenn mich nicht alles täuscht, kommt es schon.“

Ein olivgrüner Landrover hält jetzt mit quietschenden Bremsen am Bootssteg. Dr. Serafin steigt aus. Er sieht sich hastig um. Dann zieht er sich aus und watet in den See hinaus. Am letzten Pfosten taucht er ins Wasser.

„Nichts wie hin!“, ruft Kugelblitz.

Sie laufen zum Bootssteg.

KK tastet die Kleidungsstücke ab und vergewissert sich, dass Serafin unbewaffnet ist. Dann nimmt er die Autoschlüssel an sich.

Martin zückt seine Kamera. Es sind wirklich großartige Schnappschüsse, die er mit ihr einfängt:

- Serafin, wie er nichts ahnend aus dem Wasser taucht.

- Serafin tropfnass am Bootssteg mit der algenverhangenen Kassette in beiden Händen.
- Serafins zu Tode erschrockenes Gesicht, als er plötzlich Kugelblitz hinter seinem Auto auftauchen sieht.

„Nein, ich bin kein Geist“, sagt KK und lächelt spöttisch. „Auch wenn Ihnen das vermutlich lieber wäre!“

Einen Moment ist Serafin sprachlos. Dann ruft er wütend: „Her mit der Kamera!“

Als Martin wegrennt, läuft er hinterher. Aber Martin ist schneller.

„Bürschchen, dich krieg ich noch“, keucht er, nachdem er die Verfolgung aufgegeben hat.

KK geht jetzt ruhig auf ihn zu und sagt: „Herr Dr. Serafin, ich muss Sie leider verhaften. Wegen Erbschleicherei, Urkundenfälschung, Diebstahl und Freiheitsberaubung in einem besonders schweren Fall!"
„Ich hab Sie nicht eingeschlossen! Das müssen Sie mir erst mal beweisen!", ruft Serafin. Er springt in sein Auto und will fliehen. Aber der Schlüssel ist weg.
„Verdammter Mist!", brüllt er.
„Eine Flucht ist sinnlos. Gleich kommen meine Kollegen von der schottischen Polizei", sagt KK ruhig. „Da drüben fahren sie schon!" Er deutet auf das gegenüberliegende Seeufer.

Serafin fällt seine Entscheidung sekundenschnell. Er ergreift die Kassette und die Flucht.
Er rechnet sich Erfolgschancen aus, weil er als Moorhuhn-Jäger die Schleichwege durchs Moor besser kennt als andere Leute. Schon ist er im Schilf verschwunden.
„Im Moor kann er nicht bleiben. Er wird versuchen, das Dorf zu erreichen“, überlegt KK.
„Das Motorrad! Er hat sein Motorrad am Pub stehen. Hinter dem Pub führt ein Weg direkt ins Moor. Gib mir die Angelschnur, schnell!“, sagt Martin. „Ich flitze hin.“
„Wozu brauchst du die Angelschnur?“

„Als Stolperdraht!“, ruft Martin und kramt in der Angeltasche.
„Gute Idee“, brummt Kugelblitz anerkennend. „Ich werde McTools Bescheid sagen.“
Martin joggt los.
KK erreicht McTools über sein Handy und dirigiert ihn direkt zum *Mageren Moorhuhn*.

Martin gelingt es gerade noch, die Perlon-Angelschnur zwischen das Warnschild und eine Moorweide über den Weg zu spannen, als Serafin auch schon auf dem Moorweg angekeucht kommt. Er will zu seinem Motorrad, genau, wie es Martin vermutet hat.

Die Stolperschnur, die in Knöchelhöhe aufgespannt ist, sieht er nicht. Er fliegt in hohem Bogen darüber: McTools und seinen Beamten direkt vor die Füße.
Die Kassette landet im Gras. Kugelblitz hebt sie auf und sagt zu McTools: „Sie ist nicht das einzige

Beweisstück für seine Machenschaften.“

Frage an alle Detektive, die auch im schottischen Hochmoor nicht versumpfen:

1. Weshalb beweist die Kassette, dass Serafin den Schmuck gestohlen hat? (3 Gripspunkte)
2. Durch welchen Satz verrät Serafin in diesem Kapitel, dass er es war, der KK und Martin in der Geheimkammer eingesperrt hat? (4 Gripspunkte)
3. Welche Beweise deuten noch auf seine Täterschaft hin? (3 Gripspunkte)

Gripspunkte OOO OOOO OOO

Eine Überraschung zum Schluss

Pastor Donelly bemerkt auf seinem gewohnten Radausflug die Menschenansammlung beim *Mageren Moorhuhn*.
„Ein Unglücksfall?“, erkundigt er sich besorgt.
„Nein, eher ein Glücksfall“, lacht die Köchin und wischt sich die Hände an der Schürze ab.
„Sie haben Serafin verhaftet! Der dicke Gentleman dort kann mehr als große Fische fangen: Er ist ein

berühmter Detektiv. Er hat alles herausgefunden! Fragen Sie ihn doch selbst."

„Gut, dass ich Sie treffe, Herr Pastor", sagt KK, nachdem ihm Donelly zu seinem Erfolg gratuliert hat. „Ich habe nämlich noch eine wichtige Frage: Wer war Roxane?"

„Wie kommen Sie darauf?", fragt der Pastor überrascht. „So hieß Anns Mutter. Sie starb bei ihrer Geburt. Das Kind kam ins Kloster."

„Roxane?", ruft die ehemalige Schlossköchin aufgeregt dazwischen. „Das war doch das junge Mädchen, in das Lord Percy verliebt war und das dann vor zwölf Jahren plötzlich verschwand."

„Im Kloster“, bestätigt der Pastor. „So etwas Ähnliches hab ich vermutet, nachdem ich die Liebesbriefe fand“, sagt Kugelblitz. „Außerdem ist mir eine gewisse Ähnlichkeit Anns mit Lady Laura aufgefallen.“
„Ogottogott! Sie glauben, dass Ann die Tochter von Lord Percy ist?“, ruft die Schlossköchin fassungslos.
„So ist es“, nickt Kugelblitz.

Lady Laura kommt noch am gleichen Tag aus Hamburg.
„Sie werden das Erbe trotzdem mit jemandem teilen müssen“, schließt KK seinen Bericht. „Ihr Bruder hatte eine Tochter!“

„Eine Tochter?“, staunt Laura. „Davon hat er nichts gesagt.“
„Weil er es nicht wusste!“, sagt Kugelblitz. „Hier ist sie.“ Er deutet auf Ann.
„Ann?“, ruft Laura überrascht. Dann breitet sie spontan ihre Arme aus. „Du bist meine echte Nichte? Wie ich mich freue. Ich hab dich schon immer gemocht.“
„Nun gut“, seufzt Kugelblitz. „Dann ist der Fall wohl zur Zufriedenheit aller abgeschlossen, und ich kann endlich in Ruhe zum Angeln gehen.“
Da kommt ein Reporter angerannt und ruft: „Kann ich mal auf Ihrem Handy telefonieren? Mein Akku ist leer.“

KK leiht ihm sein Telefon, damit er in der Redaktion in Edinburgh anrufen kann. Dann schmunzelt er, denn der aufgeregte Reporter meldet: „Dr. Serafin verhaftet und sensationelle Spuren eines Ungeheuers am *Loch Lemon* entdeckt!" „Unsere nächste Touristensaison scheint gesichert!", sagt Lady Laura und zwinkert KK zu. Dann legt sie den Arm um Ann, und sie gehen beide ins Schloss, um über ihr zukünftiges gemeinsames Leben zu reden.

Eine Schmunzelfrage zum Schluss:

Von wem stammen die geheimnisvollen Spuren?

Der besondere Kugelblitzband mit einem Gripstest für Detektive!

Bewertungstabelle

1–10 Gripspunkte	Du solltest lieber Popstar oder Tennisspieler werden.
11–30 Gripspunkte	**Anfänger,** der zu Hoffnungen berechtigt.
31–50 Gripspunkte	**Juniordetektiv** Gute Leistung für deine Altersklasse.
51–70 Gripspunkte	**Meisterdetektiv** Viel versprechende Begabung.
71–80 Gripspunkte	**Super-Spitzendetektiv** Großartige Leistung.
81–100 Gripspunkte	**Super-Mega-Turbo-Spitzendetektiv** Einsame Spitze: Du bist klüger als der Rest der Welt.
Mehr als 100 Gripspunkte	**Hochstapler** Du hast geschummelt oder kannst nicht rechnen.

Kommissar Kugelblitz
Jetzt auf CD-ROM für PC und Mac!
ISBN 3-932992-66-0
€ 26,00
Das Geheimnis von Spooky Hill
ISBN 3-932992-67-9
€ 26,00
lieferbar ab März 2002
Der Fall Wüstenkönig
Vermisst am Mississippi
ISBN 3-932992-65-2
€ 26,00
Hilf dem Kommissar bei seinen Ermittlungen: Abenteuer, Krimi und rasante Jump-and-Run-Spiele zum Mitraten und Mitmachen warten auf dich.
Überall erhältlich, wo es CD-ROMs gibt.
terzio
* unverbindliche Preisempfehlung